강아지와 함께 떠나는 여행

강아지와 함께 떠나는 여행

발 행 | 2021년 12월 17일
저 자 | e북스토리지
펴낸이 | 한건희
펴낸곳 | 주식회사 부크크
출판사등록 | 2014.07.15(제2014-16호)
주 소 | 서울특별시 금천구 가산디지털1로 119 SK트윈타워 A동 305호
전 화 | 1670-8316
이메일 | info@bookk.co.kr

ISBN | 979-11-372-6648-3

www.bookk.co.kr

멍멍트래블+

15년 멍집사의 노하우로 엄선한
전국 25개 지역 애견동반 여행 코스

CONTENT

Prologue

루니에게 바치는 여행 기록

2006년 월드컵이 한창인 시절 우리집에 나타난 꼬마 시츄 한 마리. 코가 바짝 눌리고 장난기가 많던 녀석은 당대 최고 인기였던 축구 선수 웨인 루니의 이름을 따서 루니라는 이름을 얻게 되었다. 루니는 그 이후로 2020년까지 우리 가족과 함께 세상 곳곳을 활보하며 아름다운 추억을 남겨주었다.

 지금은 세상에 없지만 바다를 갈 때 마다, 산을 오를 때마다 루니의 모습이 떠오른다. 루니와 함께한 여행의 추억들을 모아 책을 쓴다면 독자들과 우리 가족, 루니 모두에게 의미 있는 작업이 될 것이다.

 이 책을 읽기 시작한 독자들에게 남기고 싶은 한마디는 시간이 있을 때 한번이라도 더 여행을 함께 하라는 것! 어디가 되었든, 무엇을 하든 함께 할 수 있을 때 즐기라는 것.

BEST TRIP 6

멍멍 트래블+ 에서 가장 추천하는 여행지 6 곳

강원도 강릉

편리한 교통, 다양한 숙박 시설,
맛있는 먹거리까지 강원도
지역은 여행에 있어 반려견 동반
여행에 최적의 인프라를 갖춘 곳

서울 성수동

서울숲에서 반려견과 산책 후
젊은 사람들에게 인기 높은
맛집과 카페, 수제화 거리를
거닐어 보자.

경북 경주

수학 여행 이후 경주를 가본
적이 없다면 반려견과 다시
찾아가보자. 새롭게 변화한
경주가 즐거움으로 가득하다.

3. 테마별 BEST SPOT 6

BEST TRIP 6

멍멍 트래블+ 에서 가장 추천하는 여행지 6 곳

제주도

도시의 잡념과 스트레스를 잊게
해주는 제주도의 청정 자연은
사람에게나 반려견에게나
최고의 휴식을 선사한다.

경기 양평

가까운 거리에서 반려견과
1박을 하며 잠시 한숨을 돌릴 수
있는 곳. 양평을 둘러싸고 있는
숲과 강이 당신과 반려견을
반겨줄 것이다.

전남 여수

전라도의 맛과 한려수도의
아름다운 바다와 섬을 동시에
감상할 수 있는 곳으로 애견
호텔과 숙소도 잘 갖춰져 있다.

테마별 BEST SPOT

공원 BEST3

도심 속
대중교통으로 갈
수 있는 접근성
높은 힐링
플레이스

공원 주변의
현대적 건물과
압도적 규모의
호수로 속
시원해지는 곳

아름다운 조명으로
밤 늦게까지
댕댕이와 아름다운
공원을 누벼보자.

테마별 BEST SPOT

맛집 BEST3

서울 발리인망원

발리에 와있는
듯한 가게 내부와
맛있는 동남아
음식을 즐길 수
있는 곳

서울 카페 드 노보

실내외 모두
이용가능한 가정집
느낌의 브런치
맛집

속초 옛북청아바이순대

속초의 특산물을
반려견 동반으로
마음껏 즐길 수
있는 정겨운 곳.

테마별 BEST SPOT

숙소 BEST3

편백숲 속에서
반려견과 함께
캠핑을 즐길 수
있는 꿈같은 숙소

멍캉스 패키지가
잘 갖춰져
반려견과 함께
호캉스를 즐길 수
있는 곳

펫 프렌들리한
호텔 시설과 각종
웰컴 키트로
멍집사도 댕댕이도
대만족

설레는 여행 준비

1. 사전 점검
우리 강아지와 주변 사람 모두의 안전을 위하여

- 매너 교육, 펫티켓

- ✓ 부르면 돌아오기

- ✓ 배변 훈련

- ✓ 진정하고 기다리기

- ✓ 낯선 환경에도 쉽게 익숙해지기(잠, 음식, 사람 등)

- ✓ 하우스(켄넬) 교육

- ✓ 산책 훈련, 차를 타고 이동하는 훈련

설레는 여행 준비

2. 준비물 체크리스트

빠뜨리면 곤란하지 않게 꼼꼼히 챙겨보자.

- 기생충약, 예방접종

여행 시 숲에 갈 경우가 많으므로 진드기나 기생충 감염에 유의할 수 있도록 외부 기생충약을 준비한다. 또한 강아지에게 치명적인 모기로 인한 심장사상충 예방은 필수. 뿐만 아니라 기본적인 6차 예방접종을 모두 마쳐야 건강하게 여행할 수 있다.

- 이동용 가방 및 켄넬 등 전용 가방

소형견에 경우 카페, 식당 등 출입 시에 필요한 이동 가방이 유용하며 자동차나 대중 교통 이용 시 켄넬이 필요하다.

- 그 밖에 준비물 목록

목줄(하네스), 인식표, 배변봉투, 여분이 충분한 간식과 사료, 배변패드와 배변판, 소취 스프레이 및 테이프 클리너, 강아지 옷과 방석, 장난감

설레는 여행 준비

3. 여행 계획 세우기

어디로 어떻게 갈지 계획을 세워보자.

- STEP 1. 어디로 가지?

구체적이지는 않아도 좋다. 먼저 바다, 산, 강, 해외 등 어디가 좋을지 큼지막한 그림을 그려본다.

Ex) 바다&산: 강원도, 제주도/강변: 양평, 남양주/도심: 서울 시내

- STEP 2. 무엇을 할까?

강아지 성격과 활동성을 고려하여 강아지와 주인 모두 즐거울 수 있는 선에서 하고 싶은 활동들을 생각해본다.

Ex) 수영, 캠핑, 눈밭, 해변걷기, 트레킹 등

- STEP 3. 어디서 잘까?

예산 범위와 접근성 등을 고려하여 숙소 리스트를 선정하고 애견 허용이 가능한지 미리 연락하고 예약하자.

Ex) 에어비앤비, 호텔, 리조트, 펜션, 차박 등

설레는 여행 준비

- STEP 4. 뭐 타고 가지?

지역에 따라 접근 가능한 교통편을 확인하자. 대중교통의 경우 반려견 동반 가능 여부를 미리 확인해야 하며 지방에 따라 같은 대중교통이라도 탑승이 어려울 수 있다.

Ex) KTX, 기차, 자가용, 버스, 지하철, 비행기 등

설레는 여행 준비

반려견 비행기 탑승 규정(참고)

대한항공 기준

탑승객 1인당 기내반입 한마리, 위탁수화물 2마리 가능

- **기내반입**: 생후 8주 이상의 반려견, 케이지 포함하여 7KG 이내, 케이지 삼면의 합이 115CM 이하

- **위탁 수화물**: 32KG 이하인 경우 (단, 32KG 초과하더라도 45KG 이하일 경우 일부 국가에서 예외적으로 운송이 허용. 공동운항편 이용 고객의 경우 대형 반려동물 운송은 제한 되며, 일반 반려동물의 운송 가능 여부는 공동 운항 항공사 에 따라 상이하므로 항공사로 문의), 케이지 세 합이 246CM 이하

설레는 여행 준비

반려견 비행기 탑승 규정(참고)

TIP) 대한항공 반려동물 마일리지

SKYPETS

대한항공에서 반려동물을 등록하고 함께 여행한 기록을 스탬프로 남겨 주는 마일리지 시스템. 모아진 스탬프로 반려동물 운송 무료, 할인 보너스를 이용하는 고객 우대 프로그램

스탬프 적립은 각 운송용기 단위 기준으로 적립

국내선 1구간 당 스탬프 1개 / 국제선 1구간 당 스탬프 2개 적립

설레는 여행 준비

반려견 기차 탑승 규정(참고)

KORAIL 기준

전용 가방, 케이지에 무릎 위/발 밑

옆 좌석을 침범하지 않는 크기의 케이지만 가능 (최대 2개)

광견병 등 필요한 예방접종 확인서 구비(승무원이 확인하는 경우 있음)

반려견용 옆자리 구매 가능(성인 요금)

소리, 행동, 냄새 등 다른 고객에게 피해를 줄 시 승차가 거부될 수 있음

설레는 여행 준비

반려견 버스 탑승 규정(참고)

전국 고속버스 운송 사업조합 기준

케이지 무게 10kg 이하, 케이지 부피(약 50*40*20cm) 미만, 반려견용 옆자리 구매 가능

(금호고속, 동부고속, 동양고속, 삼화고속, 금호속리산고속, 중앙고속, 천일고속, 한일고속, 대원고속, 코리아와이드경북, 충남고속만 해당, 그외 운송사는 규정이 다를 수 있으므로 터미널로 개별 문의)

대형견이나 중형견은 케이지 자체가 옆자리를 침범하는 경우가 많아 대부분 고속 버스 탑승이 불가

멍멍이와 함께
행복한 여행길을
떠나볼까?

여행지 리스트

	교통편	볼거리	숙박	페이지
서울 성수	지하철	서울숲	-	23
서울 방이	지하철	올림픽공원	-	27
서울 망원	지하철	선유도공원	-	31
서울 홍제	지하철	인왕산	-	35
서울 광장	지하철	아차산	-	39
서울 도곡	지하철	양재천	-	43
서울 반포	지하철	몽마르뜨 공원	-	47
인천 송도	지하철/자차	센트럴파크	-	52
인천 영종도	공항철도/자차	올왕리 해수욕장	-	56
경기 시흥	자차	갯골생태공원	-	60
경기 분당	지하철	율동공원	-	64
경기 광교	지하철	호수공원	-	68

- 교통편은 추천 교통수단이며, 다른 교통수단도 이용 가능하다.
- 볼거리는 지역별로 애견 동반시 가장 추천하는 장소를 꼽았다.
- 숙박은 지역별로 추천할만한 숙박 형태를 뜻한다.

여행지 리스트

	교통편	볼거리	숙박	페이지
경기 과천	지하철	서울대공원	-	72
경기 양평	지하철/자차	두물머리	애견동반펜션	77
경기 파주	버스/자차	헤이리마을	-	82
대전	버스/기차	장태산휴양림	애견동반펜션	87
부산 기장	기차	해동용궁사	애견동반펜션	92
경북 경주	기차	보문호수	애견동반펜션	99
경남 통영	버스/자차	동피랑	애견 캠핑장	105
전북 전주	버스/기차	한옥마을	한옥숙소	112
전남 여수	기차	돌산공원	애견동반호텔	119
광주	기차	무등산	애견동반펜션	125
강원 속초	버스	청초호	애견동반호텔	132
강원 강릉	기차/자차	경포대	애견동반호텔	140
제주	선박/비행기	섭지코지	에어비앤비	148

- 교통편은 추천 교통수단이며, 다른 교통수단도 이용 가능하다.
- 볼거리는 지역별로 애견 동반시 가장 추천하는 장소를 꼽았다.
- 숙박은 지역별로 추천할만한 숙박 형태를 뜻한다.

서울 시내

성수, 방이, 망원, 홍제, 광장, 도곡, 반포

1. 서울 성수동

BEST TRIP PLAN

당일치기 코스: 시간은 없지만 강아지와 함께 시간을 보내고 싶을 때 가보기 좋은 도심 속 힐링 플레이스. 공원뿐만 아니라 애견과 동반 입장이 가능한 맛집과 카페가 많아 견주의 만족감도 높일 수 있다.

지하철 분당선 서울숲역 도착 – 서울숲 산책 – 점심 식사 – 애견 동반 카페 방문

볼거리, 즐길거리

서울숲: 성동구에 위치한 문화예술공원, 체험학습원, 생태숲, 습지생태원 네 가지의 특색 있는 공간들로 구성되어 있는 공원으로 한강과 맞닿아 있다.

<u>POINT</u> 사슴이 방사되어 있는 우리가 유명하지만 사슴 근처에는 반려견을 데리고 갈 수 없다. 대신 공원 내 풀밭 위에서 피크닉을 하기 좋고 많은 애견 모임이 이뤄져 강아지 친구들을 사귀기에도 좋다.

서울숲 튤립정원(4월)

서울숲 기마동상(10월)

먹거리

뚝섬역~성수역 인근 맛집 거리: 성수동은 폐공장을 개조한 카페와 문화공간들로 젊은이들 사이에서 핫 플레이스로 유명하다. 외국인 방문객들도 많아 이국적인 느낌과 개방적 분위기로 가득하다.

1) 유가츠

가츠동, 로스가츠, 가츠카레 등 가츠 맛집으로 유명한 곳. 깔끔하고 아기자기한 음식과 정갈한 분위기로 여성들에게 인기만점

2) 구욱희씨

가정집을 개조해 만든 디저트 카페로 먹기 아까운 컵케익과 쿠키들로 가득하며 루프탑이 있어 강아지와 함께 광합성하기도 좋다

먹거리

3) 칙피스

지중해식 샐러드와 비건 음식까지 판매하는 건강한 맛집으로 애견인과 채식인 모두 즐길 수 있는 곳

4) 미아논나

브런치 맛집으로 샌드위치 및 파니니가 대표메뉴로 애견 동반 시 야외 테라스에서 이용 가능하다.

2. 서울 방이동

BEST TRIP PLAN

당일치기 코스: 서울 송파, 잠실 주민들의 건강을 책임지는 올림픽 공원이 방이동에 위치 해 있다. 43만평의 넓은 규모로 전체를 하루에 둘러보는 것은 쉽지 않고 주요 spot 을 나눠 들려보는 것을 추천한다.

올림픽공원 평화의 문

지하철 8호선 몽촌토성역, 5/9호선 올림픽공원역 도착 - 올림픽공원 산책 - 점심 식사 - 소마 미술관 - 조각공원 관람

볼거리, 즐길거리

올림픽공원: 서울 올림픽기념 조형물과 야외 조각작품들, 고대 백제의 유적지인 몽촌토성을 중심으로 드넓은 잔디와 몽촌해자, 그리고 쾌적한 자연환경속에 잘 정돈된 평화의광장을 비롯한 크고 작은 야외광장, 실내경기장이 위치해있다.

소마미술관: 올림픽공원 내에 위치, 서울 올림픽의 성과를 예술로 승화하는 기념공간이자 휴식공간이다. 미술관에서 나와 자연스럽게 연결되는 조각공원의 황톳길을 따라 걷다 보면 조각 작품들과 자연을 동시에 감상할 수 있다.

<u>POINT 실내 전시관은 애견 동반이 어렵지만 야외 조각 전시의 경우 애견 동반이 가능해 자연과 예술을 동시에 감상할 수 있다.</u>

먹거리

올림픽공원 주변 맛집 & 카페: 공원 외곽을 따라 몽촌토성역~한성백제역 근처에 나들이객들을 위한 음식점과 카페들이 줄지어 있다. 가족 단위 손님이 많고 애견 동반이 가능한 추천 리스트는 아래와 같다.

1) 빈체로

피자, 파스타, 리조또 등 이탈리아 음식 전문점으로 야외 테라스가 있어 반려견과 함께 식사 할 수 있다.

2) 골든타이

태국음식 전문점으로 팟타이, 게살볶음밥, 똠양꿍 등을 추천하며 실제 태국 쉐프가 조리한다.

먹거리

3) 핸드쿤스트

방이동 안쪽 골목에 위치한 디저트 카페로 빈티지한 감성의 인테리어와 비주얼이 좋은 디저트가 가득하다.

4) 빈티지 1981

분위기있는 고급 레스토랑이지만 애견 프렌들리한 이탈리안 전문 식당으로 대형견은 상황에 따라 제한적으로 가능, 중소형견은 주말에도 가능하다.

3. 서울 망원동

BEST TRIP PLAN

당일치기 코스: 망원동은 핫플로 유명한 합정, 홍대입구 지역과 가깝고 선유도공원이나 한강공원도 도보로 이동 가능하여 산책 후 식사와 커피를 즐기기에 좋다.

지하철 9호선 선유도역 하차 - 선유도공원 산책 - 망원동 점심식사 - 경의선숲길공원(연남동 철길) 산책

볼거리, 즐길거리

선유도공원: 한강 중심부에 자리한 작은 봉우리섬 선유도는 수돗물을 공급하는 정수장으로 사용된 공간이었으나 2002년 4월 다양한 볼거리와 즐거움을 선사하는 친환경생태공원으로 재생되었다.

경의선숲길공원: 기존의 공원형태를 벗어나 길게 이어진 숲길로 버려진 철길을 따라 조성되어 있다. 연남동 구간은 길게 뻗은 은행나무 행렬과 860m의 긴 물결을 즐길 수 있다.

POINT 경의선숲길공원을 따라 이어지는 망원동, 연남동 구간은 맛집이 즐비하며 식당에서 포장을 하여 공원에서 피크닉하는 손님들이 많다. 애견과 산책 후 숲길 공원에서 피크닉을 즐겨보자.

먹거리

망원동 맛집 & 카페: 망원동 주변엔 유명 쉐프들의 맛집과 카페들로 즐비하며 애견 프렌들리한 식당도 많아 젊은 멍집사들 사이에선 망원동이 필수코스이다.

1) 리틀포레스트

망원동에 위치한 브런치 집으로 샐러드, 샌드위치가 메인 메뉴이며 애견동반 식당이지만 맛집으로도 유명하다.

2) 발리 인 망원

강아지와 함께 이국적인 음식을 즐기고 싶을 때 제격인 식당이다. 미고랭, 나시고랭이 대표 메뉴이다.

먹거리

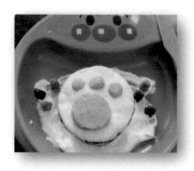

3) 그냥 방실

애견 동반 카페로 주인을 위
한 메뉴와 애견을 위한 음료
와 간식까지 구비되어 있어
알찬 식사를 즐길 수 있다.

4) 훌라훌라

하와이 음식 전문점으로 소
형견부터 대형견까지 모두
출입 가능하며 강아지용 식
기를 제공해준다.

4. 서울 홍제동

BEST TRIP PLAN

당일치기 코스: 서대문구 홍제동은 인왕산과 안산을 끼고 있어 서울 도심 속에서 자연을 느낄 수 있으며 자락길과 한양도성길이 지나고 있어 옛정취도 느낄 수 있다.

지하철 3호선 경복궁역 하차 - 인왕산 등반 - 무악재 하늘다리 - 안산 자락길 - 연희동 식사 및 카페 휴식

볼거리, 즐길거리

인왕산: 종로구와 서대문구 사이에 위치한 338m 높이의 산으로 서울성곽이 산중턱에 위치하며 주변에 윤동주 문학관, 자하문 등과도 이어진다. 높지 않아 초보자에게 적합한 수준이며 애견 동반 등산도 가능하고 조명도 잘 구비되어 있어 야간 등반도 많은 편이다.

안산도시자연공원: 서대문구에 위치한 안산은 무악산으로도 불리며 산림욕을 즐길 수 있는 자락길이 조성되어 있어 메타세쾨이어숲과 무악정, 봉원사를 함께 둘러볼 수 있다.

<u>**POINT** 인왕산 중턱까지 올라가 무악재 하늘다리를 건너면 안산자락길과 연결된다. 안산 자락길을 한바퀴 돌면 연희동으로 내려올 수 있다.</u>

먹거리

홍제동 맛집 & 카페: 홍제동에는 애견 동반이 가능한 식당이나 카페가 많지 않으나 대신 안산에서 연희동으로 내려오면 강아지와 함께 갈수 있는 곳이 많으니 참고하자.

1) 카페 멈무이

홍제동에 위치한 애견 호텔/카페/유치원으로 강아지를 시간 단위로 맡길 수도 있고 다른 카페처럼 잠시 놀다가 갈수도 있는 공간이다.

2) 마우디

연희동 이탈리안 맛집으로 작은 규모이지만 애견 동반 입장이 가능하며 뇨끼와 토마토 파스타 등이 대표 메뉴이다.

먹거리

3) 포유니온

애견 용품으로 유명한 포유
니온에서 만든 애견 동반 카
페로 매장에서 애견 의류를
직접 입어볼 수 있고 음료와
크로플도 판매한다.

4) 미미에토

연희동에 위치한 애견카페
로 펫스튜디오 공간이 제공
되며 실내 인테리어도 깔끔
하고 차분하게 꾸며진 공간
이다.

5. 서울 광장동

BEST TRIP PLAN

당일치기 코스: 서울 광장동은 아차산과 함께 한강이 지나고 있어 조금만 올라가도 한강의 아름다운 리버뷰를 즐길 수 있는 조망권이 된다.

지하철 5호선 광나루역 하차 – 아차산 등반 –용마산 - 용마폭포공원 – 용마산역에서 식사 및 카페 휴식

볼거리, 즐길거리

아차산: 아차산성에 둘러쌓여 있는 아차산은 높이 295m 로 높지 않아 초보자도 쉽게 정상까지 올라갈 수 있다. 뛰어난 한강 조망권으로 워커힐 호텔이 위치해 있으며 용마산과 이어진 코스가 인기가 높다.

용마폭포공원: 용마폭포는 높이 51m로 동양에서는 가장 높은 인공폭포로 유명하며 좌우의 청룡폭포와 백마폭포도 높이가 20m 이상이다. 야외 테이블이 있어 애견과 함께 피크닉을 즐길 수 있고 중앙 잔디광장도 있어 강아지가 뛰어놀기에 좋다.

POINT 아차산 정상에서 용마산으로 넘어가는 코스로 내려오면 용마폭포공원에 도착할 수 있다. 단 2시간 이상 소요되니 애견 동반 시 체력에 유의해야 한다.

먹거리

광장동 맛집 & 카페: 광나루역 근처 애견과 동반 입장할 수 있는 트렌디한 카페들이 위치해 있으며 용마산역 근처에도 식당과 카페가 있으니 등산 후 들러 보도록 하자.

1) 카페 드 노보

광나루역 근처 브런치집으로 한옥집을 리모델링한 인테리어로 야외 공간도 마련되어 있어 강아지와 함께 음료 및 식사가 가능하다.

2) 카페 몽당

광장동 애견 동반 입장이 가능한 카페로 마당이 넓어 애견 산책에도 적합하고 수제 스콘이 맛있는 카페이다.

먹거리

3) 똥강아지 카페

용마산역 면목동에 위치한 애견 전용 카페로 실내 애견 놀이터가 있고 애견 간식도 판매하니 강아지와 함께 즐거운 시간을 보내기 좋다.

4) 몽우

용마산역 근처 군자동에 위치한 독립서점 및 전통주 술집으로 대형견의 경우 상황에 따라 제한될 수 있으며 목줄을 준비해가야 한다.

6. 서울 도곡동

BEST TRIP PLAN

당일치기 코스: 서울 도곡동은 양재천을 따라 산책길이 잘 조성되어 있고 양재천 카페거리 및 매봉역 근처 유명한 맛집과 카페가 많아 휴식하기에도 좋은 곳이다.

지하철 3호선 도곡역 하차 – 양재천 산책 – 양재천 카페거리 – 점심 식사 및 카페 휴식

볼거리, 즐길거리

양재천: 경기도 과천시와 서울 남부를 흐르는 하천으로 서울 서초구 양재동과 강남구 개포동까지 이어져 탄천으로 합류된다. 봄에는 벚꽃이 만발하며 여름에는 녹음이 우거져 시민들의 시원한 산책 코스이자 반려견 운동에도 좋은 공간이다.

양재천 카페거리: 양재 시민의 숲역~도곡역까지 양재천을 따라 조성된 카페, 맛집거리로 테라스를 갖춘 곳들이 많아 양재천의 아름다운 경치를 즐길 수 있고 마치 유럽에 와 있는 듯한 느낌이 드는 곳들이 많다.

<u>POINT 도곡역에서 양재천 길로 따라 들어가 양재동까지 산책을 한 뒤 양재동 근처 애견동반 카페와 식당으로 들어가 휴식을 취하자. 단, 양재천 산책 시 목줄은 필수임을 잊지 말자.</u>

먹거리

도곡동 맛집 & 카페: 양재천을 따라 양재시민의숲역 양방향으로 레스토랑과 카페가 많이 위치하고 있으며 주말에는 외식을 즐기려는 사람들로 북적이는 장소이다.

1) 이상한 나라의 미쓰윤

이탈리안 레스토랑으로 야외 테라스 좌석에서 애견동반 취식이 가능하며 인테리어도 개성 있게 꾸며져 있다.

2) 카페 도킹

애견 동반으로 실내 및 실외 좌석이 이용 가능한 카페로 파니니와 같은 식사 메뉴와 티라미수가 인기 높은 곳

먹거리

3) 카페 캐틀앤비

테라스가 쾌적한 브런치 카페로 콥샐러드, 스테이크 메뉴 등이 준비되어 있으며 레이먼킴 레스토랑으로 유명하다.

4) 펫 시스터

양재천 근처의 애견 카페 및 유치원, 호텔 공간으로 입장료와 음료 값을 따로 지불해야 한다. 애견 호텔로도 운영되어 잠시 반려견을 맡기기에 좋다.

7. 서울 반포동

BEST TRIP PLAN

당일치기 코스: 서울 고속버스 터미널 뒷편에 위치한 서래마을을 중심으로 몽마르뜨 공원이 있어 산책을 즐기기에 좋고 한강공원 반포지구도 위치하여 한강뷰를 즐길 수 있는 곳이다.

지하철 3호선 고속터미널역 하차 - 서래마을 구경 - 몽마르뜨 공원 산책 -점심 식사 및 휴식- 반포 한강공원 야경 관람

볼거리, 즐길거리

몽마르뜨 공원: 서래마을 뒷산이 공원으로 조성되면서 프랑스인이 많이 거주하는 동네로 인해 몽마르뜨 공원으로 이름 붙여졌다. 공원 내에 장미화단이 잘 가꿔져 있으며 토끼를 볼 수 있는 공원으로도 유명하다.

POINT 몽마르뜨 공원과 서초동 서래풀근린공원이 산책로로 연결되어 있어 우면산과 구룡산을 조망할 수 있는 전망대까지 한바퀴 크게 둘러볼 수 있다.

반포 한강공원: 고속버스터미널역에서 반포아파트를 지나면 나들목을 통해 한강공원으로 진입할 수 있다. 반포지구의 볼거리는 세빛둥둥섬인데 다양한 색의 조명으로 야경이 아름답고 각종 행사와 전시 등이 개최되곤 한다. 한강공원에서 시원한 바람을 맞으며 반려견과 함께 피크닉을 하기에 최적의 장소이다.

먹거리

반포동 맛집 & 카페: 서래마을은 프랑스인 거주 마을답게 애견동반을 허용하는 식당과 카페가 많다. 프랑스 가정식이나 디저트집들이 많으니 서울 속 프랑스를 느껴보자.

1) 세렌디피티

이탈리안 레스토랑으로 야외 테라스와 룸에서 반려견과 동반 입장이 가능하며 상주견이 반갑게 맞아주는 맛집이다.

2) 푸드 더즈 매터

애견 동반으로 식사가 가능한 비건 레스토랑으로 동물을 위하는 비건 애견인들에게 인기가 높은 곳으로 비건 버거가 대표 메뉴이다.

먹거리

3) 심포니 오브

예쁜 디저트가 가득한 서래
마을 크로플 맛집으로 애견
동반으로 취식이 가능하며
카페 내부에 예쁜 식물들로
가득하다.

4) 카페 Fin

애견 동반이 가능한 베이커
리 카페로 각종 케이크와 파
이류가 준비되어 있으며 맛
좋은 와인 및 커피도 판매하
고 있다.

수도권

송도, 영종도, 시흥, 분당, 광교, 과천

8. 인천 송도

BEST TRIP PLAN

당일치기 코스: 인천 연수구에 위치한 송도는 국제적인 기업과 학교, 문화 시설이 들어서 있어 현대적이고 국제적인 지역으로 손꼽힌다. 송도센트럴파크, 미추홀 공원, 해돋이공원 등 휴식 공간이 많고 한옥마을도 조성되어 있어 가볍게 산책을 즐기기에 좋다.

지하철 인천 1호선 센트럴파크역/국제업무지구역 도착 – 센트럴파크 산책 – 점심 식사 – 미추홀공원 산책

볼거리, 즐길거리

송도 센트럴파크: 우리나라 최초의 해수공원으로 광장, 보행자 도로 주변 녹지가 어우러져 빌딩이 밀집한도시 분위기를 녹색도시로 탈바꿈해주는 도심 속 시민을 위한 공간이다.

<u>POINT 해수 수로를 따라 공원을 둘러볼 수 있는 관광보트가 운영 중이며, 반려견도 동반 탑승 가능하다. 강아지와 함께 물살을 가르며 시원한 바람을 느껴보자.</u>

미추홀 공원: 송도국제도시의 역사문화적 상징성을 구현하는 전통, 문화, 예술공원으로 한옥 정자와 연못, 한국식 정원이 조성되어 있어 반려견과 산책하기에 알맞다.

센트럴파크 수로 | 미추홀 공원

먹거리

송도 맛집 & 카페: 송도에는 쇼핑 및 상업시설을 따라 세련되고 현대적인 맛집이 많이 위치해 있다. 젊은 커플과 반려견이 함께 데이트 코스로도 제격이다.

1) 피제리아 일피노

300도가 넘는 스톤에서 구워 먹는 스테이크와 쫄깃한 생면 파스타가 메인 메뉴. 애견 동반시 애견용 생수와 수제 간식 등을 제공한다.

2) 비스트로 콩스탕스

이탈리안 레스토랑으로 파스타와 스튜 등이 인기이며 1, 2호점 모두 애견 동반 식사가 가능하다.

먹거리

3) 스텐다드 스퀘어

다양한 종류의 원두를 선택해 커피를 마실 수 있으며 쿠키로도 유명하다. 실내는 규모가 작지만 애견 동반이 가능하다.

4) 바로나도

10kg 이하 소형견 전문 애견 카페로 트리플스트리트에 위치해 있다. 실내 공간도 넓고 테라스도 크게 탁 트여 있어 안심하고 뛰어놀기에 좋다.

9. 인천 영종도

BEST TRIP PLAN

당일치기 코스: 인천시 중구에 위치한 영종도는 우리나라에서 일곱 번째로 큰 섬으로 2001년 인천공항의 개항 이후 공항철도가 들어서고 인천대교가 세워지는 등 교통이 편리해졌다. 또한 을왕리 해수욕장, 마시안 해수욕장 등 볼거리도 풍부하여 수도권 시민들의 관광지로 유명하다.

을왕리 해수욕장

공항철도 영종역/운서역 하차 – 을왕리 해수욕장 산책 – 점심 식사 – 하늘정원 산책

볼거리, 즐길거리

을왕리 해수욕장: 서울에서 가장 가까운 섬 용유도에 펼쳐진 넓은 모래밭에 위치한 해변가로 1986년 국민관광지로 지정되었다. 울창한 송림과 해수욕장 양쪽 옆으로 기암괴석이 늘어서 있어 경관이 아름답고 반려견과 함께 해변을 즐기기에 좋다.

POINT 여름철 이용객이 많기 때문에 목줄은 필수이며 해수욕장 중간에 수돗가가 설치되어 있어 산책 후 지저분한 반려견의 발을 간단히 씻을 수 있어서 편리하다.

하늘 정원: 인천공항 동남측 유휴지(38만㎡)에 조성한 휴식 공간으로 봄에는 유채꽃이 만발하며 가을에는 코스모스 꽃밭이 잘 가꾸어져 있어 반려견과 함께 인생 사진을 남길 수 있다. 공항과 가까이에 위치해 전망대에서는 항공기의 이착륙의 모습도 자주 볼 수 있다.

먹거리

영종도 맛집 & 카페: 영종도에는 해수욕장을 따라 조개구이 및 칼국수집들이 늘어서 있으며 시내쪽에는 애견전용 카페와 애견 펜션, 호텔도 최근 많이 생기고 있다.

1) 소나무 식당

바닷가가 보이는 야외 테라스에서 애견동반으로 생선구이 정식과 칼국수 등을 즐길 수 있는 곳. 1호점만 애견동반이 가능하고 2호점은 불가하다.

2) 해상궁

낙지볶음 및 해물칼국수가 대표 메뉴로 애견동반으로 취식이 가능하며 용유도 해변 근처에 위치해 있다.

먹거리

3) 알로라

독채 건물로 지어진 카페로 1층에서 애견 동반 입장이 가능하다. 댕댕이를 위한 쿠키도 판매하며 각종 디저트도 준비되어 있다.

4) 할리스 커피

영종도에서 오션뷰 카페로 명성이 자자한 할리스 커피는 실내에는 애견 동반이 불가 하나 야외 테라스 공간에서 반려견과 함께 커피를 즐기며 바다를 바라볼 수 있다.

10. 경기도 시흥

BEST TRIP PLAN

당일치기 코스: 소래 포구와 인접한 경기도 시흥은 일제 시대 옛 염전터에 갯골생태공원을 조성하였다. 또한 차로 6분 거리에 연꽃 테마파크가 위치하고 있어 수도권에서 습지를 체험할 수 있는 지역 으로 손꼽힌다.

인천 서해선 시흥능곡역 하차 – 승용차로 10분 - 갯골생태공원 하 차 – 연꽃테마파크 구경 – 소래포구에서 점심식사

볼거리, 즐길거리

갯골생태공원: 경기도 유일의 내만 갯골과 옛 염전의 정취를 느낄 수 있는 아름다운 곳으로 각종 어류, 양서류가 서식하고 있으며 시흥갯골은 2012년 2월 국가습지보호구역으로 지정되었다. 봄에는 벚꽃, 가을에는 핑크뮬리가 만발하여 사진 찍기에 좋으며 산책로가 넓어 애견 산책에도 좋다.

연꽃테마파크: 우리나라 최초의 연꽃씨가 뿌려진 관곡지의 역사성을 기리는 테마파크로 6월~9월까지 연꽃을 감상할 수 있다.

<u>POINT 연꽃이 한창인 여름엔 날씨가 무더워 애견 건강에 유의하며 산책을 하자. 또한 연꽃테마파크의 연근/연잎을 넣어만든 시원한 아이스크림을 먹으며 쉬어가자.</u>

먹거리

시흥 맛집 & 카페: 공원 주변 상업시설이 적어 소래포구나 신세계 아울렛 부근으로 이동해 식사하도록 하자. 하늘 휴게소(브릿지 스퀘어)도 들러 탁트인 뷰를 감상하며 가볍게 즐기기 좋다.

1) 베러스퀘어

월곶포구 근처 애견 동반이 가능한 브런치집으로 애견 동반으로 실외 테라스 및 실내 공간 모두 이용 가능하다.

2) 우정이네

소래포구에 위치한 횟집으로 싱싱한 회와 매운탕을 애견 동반으로 즐길 수 있다.

먹거리

3) 메르블루

소래포구 방면에 위치한 루프탑 카페 및 베이커리로 야외 테라스에서 반려견과 함께 식사할 수 있다.

4) 레인바우

소형견 위주의 애견 카페로 10kg 이상의 중형견의 경우 문의 후 방문 가능하다. 애견 수영장이 마련되어 있어 여름철 물놀이에 좋다.

11. 경기도 분당

BEST TRIP PLAN

당일치기 코스: 분당은 서현, 판교 등 대도시 아파트단지와 상업지구가 모여 있으나 잘 찾아보면 큰 규모의 공원과 하천을 따라 자전거길 등이 조성되어 있어 반려견과 함께할 수 있는 공간들이 존재한다.

분당선 서현역 하차 – 버스로 15분 – 율동공원 하차 – 백현동 카페거리 구경 및 점심 식사 – 판교 화랑공원 산책

볼거리, 즐길거리

율동공원: 물을 이용한 자연호수 공원으로 호수와 잔디밭, 야산 등 원래의 자연을 최대한 살려 경치가 아름답다. 특히 공원 내 책 테마파크는 도서관, 책과 관련된 조형물들이 꾸며져 있어 애견 산책 시 둘러볼만 하다.

화랑공원: 판교 테크노밸리에 탄천을 끼고 조성된 화랑공원은 판교 직장인들의 쉼터이자 벚꽃 명소로 애견과 산책 시 대중 교통을 타고 이동하기에도 편리하다.

POINT 율동공원에서 호수 주변을 산책한 이후 백현동 카페거리로 이동을 해 식사 겸 휴식을 취하자. 이후 화랑공원을 거닐며 시내로 돌아가자.

먹거리

분당 맛집 & 카페: 백현동, 정자동, 보정동 등 분당에는 이름 난 카페거리가 많다. 카페거리 곳곳에 애견 카페와 레스토랑이 다수 있으니 산책 후 들러 휴식을 취하도록 하자.

1) 베지박스

백현동 카페거리에 위치한 브런치 카페로 애견용품과 애견 식사도 함께 판매하여 다같이 식사를 즐길 수 있다.

2) 찰리스 버거

정자동 카페거리에 있는 수제 버거집으로 5~6천원 내외 가성비 높은 메뉴와 함께 애견동반이 가능하다.

먹거리

3) 카페 땡큐한

정자동 애견 동반 디저트 가게로 다양한 종류의 까눌레와 에그 타르트가 메인 메뉴이다.

4) DOG 365

서현동 먹자골목에 위치한 애견 카페 및 애견 호텔로 카페의 경우 주말에만 운영하며 평일에는 애견 호텔, 유치원, 미용로 운영된다.

12. 경기도 광교

BEST TRIP PLAN

당일치기 코스: 광교는 수원 영통구에 위치한 신도시로 깨끗하게 정리된 아파트 단지와 도로, 공원, 쇼핑몰이 모두 모여 있다. 삭막한 도심의 풍경과는 달리 여유롭고 쾌적한 느낌을 원한다면 광교를 찾아보자.

신분당선 상현역 하차 – 버스로 10분 –광교호수공원 하차 – 엘리웨이 구경 및 식사 – 광교 역사공원 산책

볼거리, 즐길거리

광교호수공원: 광교신도시의 랜드마크로 수원에 오면 꼭 가야 할 곳으로 손에 꼽히며 1.6km 의 호수를 감싸는 국내 최대 규모를 자랑한다. 공원 내 프라이부르크 전망대는 독일의 친환경 도시 프라이부르크 시의 대표적인 건축물을 도입한 것으로 호수공원의 수려한 풍경을 한눈에 볼 수 있다.

광교역사공원: 세종의 장인으로 유명한 심온 선생 묘와 태종의 8남인 혜령 군의 묘가 위치한 광교 역사공원은 광교 신도시 조성 중에 발굴된 유적들을 모아둔 광교 역사 박물관과 함께 모여 있다.

POINT 광교역사공원을 걷다 보면 광교 카페거리로 이어지는 지하도가 있다. 강아지와 공원 산책 후 카페거리에서 시원한 커피와 함께 휴식타임을 가져보자.

먹거리

광교 맛집 & 카페: 광교는 신도시 답게 애견 동반으로 갈 수 있는 트렌디한 식당과 카페가 많다. 호수공원과 광교 카페거리를 중심으로 산책 후 들러 휴식을 취하며 행복한 시간을 보내 보자.

1) 봉쥬르 하와이

호수공원 근처 쇼핑몰 엘리웨이에 위치한 하와이 식당으로 햄버거나 샌드위치 등이 대표 메뉴이며 애견 동반 입장이 가능하다.

2) 더부스

엘리웨이 내 수제 맥주와 피자 맛집으로 애견 동반으로 피맥을 즐길 수 있는 공간이다.

먹거리

3) 유유 카페

호수공원 주변에 위치한 커피 & 애견용품 편집샵으로 가게 한켠에 애견 의류와 장난감 등도 판매하니 구경하기에도 좋다.

4) 카페 공상가옥

카페거리에 위치한 애견 동반 가능 카페로 상주견 공상이가 반겨주는 아늑하고 감성 가득한 공간이다.

13. 경기도 과천

BEST TRIP PLAN

당일치기 코스: 과천은 관악산과 청계산에 둘러 쌓여 있어 자연 환경이 우수하고 서울대공원, 렛츠런파크, 서울랜드 등 관광명소가 위치해있어 볼거리 또한 많다.

지하철 4호선 정부청사역 하차 - 관악산 입구 등반 - 과천 시내에서 점심 식사 - 서울대공원 둘레길 산책

볼거리, 즐길거리

관악산: 서울과 경기도에 넓게 자리잡은 관악산은 과천청사 뒤쪽 등반로를 통해 접근할 수 있다. 등산길 초입에 계곡이 있어 물길을 따라 식당들이 조성되어 있고 물길 주변으로 애견 동반 산책이 가능하다.

서울대공원: 청계산 자락에 자리잡은 국내 최대규모의 공원으로 동물원, 식물원 등 다양한 부대시설을 갖추고 있으며 지하철 4호선과 바로 연결되어 도심 근교의 휴식공간으로 부담없이 찾을 수 있는 곳이다.

<u>POINT 입장료를 내고 들어가야 하는 동물원, 서울랜드 등에는 애견 입장이 불가하나 대공원 호수 주변으로 조성된 둘레길은 애견과 함께 피크닉 및 산책이 가능하여 굳이 동물원까지 들어가지 않아도 좋다.</u>

관악산 계곡

서울대공원 호수

먹거리

과천 맛집 & 카페: 관악산 등산로 주변에 맛집이 많고 서울대공원과 경마장 인근 외곽쪽으로 한적하게 즐길 수 있는 카페와 식당이 많은 편이다.

1) 돌담식당

관악산 등산로 초입에 위치한 한식집으로 계곡 주변에서 닭도리탕, 파전 등을 판매하며 애견 입장이 가능하다.

2) 카페 마이 알레

렛츠런파크 인근에 위치한 브런치 카페로 많은 종류의 식물들이 함께 꾸며져 있어 강아지에게도 힐링이 되는 공간이다.

먹거리

3) 비비 커피

과천 갈현동에 있는 비비커피는 크로플 맛집으로 1-3층은 실내 매장, 4층은 테라스가 마련되어 있다. 실내외 애견 동반이 가능하다.

4) 프롬더어스

정부청사역 근처 상가에 위치한 베이커리로 테라스에서 애견동반이 가능하며 천연발효종의 건강빵을 판매한다.

14. 경기도 양평

BEST TRIP PLAN

1박2일 코스: 양평은 특별히 휴가를 내지 않아도 1박을 할 수 있는 가까운 거리를 자랑한다. 강가 주변에 애견 펜션에 머물며 잠깐의 휴식을 즐겨보자.

Day1.

서울 출발 – 숙소 체크인 – 두물머리 – 점심 식사 – 남양주 물의정원 – 카페 휴식 – 숙소

Day2.

용문사 – 점심 식사 – 다산생태공원 – 서울 도착

Day1.

볼거리, 즐길거리

두물머리: 양평군 양서면 양수리 두물머리마을과 광주시 남종면 귀여리 귀실마을을 잇던 나루로 유유히 흐르는 강변을 보며 서울 근교에 드라이브 코스로 유명한 곳이다.

<u>**POINT** 자가용을 이용할 경우 주말 팔당대교와 양수대교 등 양평 일대는 차가 많이 막히므로 오전 일찍 출발할 것을 추천</u>

남양주 물의정원: 운길산역 아름다운 습지 공원으로 자전거도로와 강변 산책길, 물향기길, 물마음길, 물빛길 등 산책로와 전망 데크가 조성되어있고 여유롭게 산책을 즐기기에도 제격이다.

<u>**POINT** 6월이면 양귀비가 만발해 반려견과 멋진 사진을 남길 수 있다.</u>

Day1.

먹거리, 숙소

연핫도그: 이영자 맛집으로 유명해진 연핫도그는 두물머리의 명소이다. 순한맛과 매운맛이 있으며 개당 3천원으로 포장해와 야외에서 간단히 식사할 수 있다.

애견 전용 펜션: 단순히 애견 허용 숙소가 아닌 애견을 위한 프라이빗 수영장과 운동장이 마련되어 있고 실내 수영장의 경우 4계절 내내 이용 가능하다.

Day2.

볼거리, 즐길거리

용문사: 용문산에 위치한 신라시대 세워진 사찰. 용문산 초입에는 용문관광단지가 조성되어 있어 볼거리가 다양하며 용문사의 천년 은행나무는 1,100살 이상으로 추정되며 높이가 42m에 달한다.

<u>POINT 용문사로 올라가는 길에 계곡이 조성되어 있어 한 여름엔 강아지와 물놀이를 즐길 수 있다.</u>

다산 생태공원: 생태·역사·문화가 어우러진 친환경적인 생태공원으로 다양한 초화가 조성되어 있고 정약용 선생의 저서들로 꾸며진 포토존이 있다.

<u>POINT 시간이 된다면 주변 정약용 선생 생가와 실학박물관까지 둘러보자.</u>

Day2.

먹거리, 숙소

막국수: 양평 서종대교 부근 애견 동반이 가능한 막국수집이 모여 있다. 무더운 여름날 동치미 국물에 말아진 막국수를 먹으며 수육 또는 감자전을 곁들여 먹으면 맛있다.

애견 동반 추천 리스트: 소근리 막국수(031-773-7072), 머무름 막국수(031-774-7137)

양평 베이커리 카페: 시원한 산속에 위치한 카페 겸 베이커리로 야외 테라스에서 강아지 산책도 가능하다.

15. 경기도 파주

BEST TRIP PLAN

당일치기 코스: 경기도 북부 임진강 주변에 위치한 파주 헤이리 마을 및 프로방스 마을은 예술과 자연이 조화된 힐링 명소이다. 특히 넓은 대지 위에 애견을 위한 운동장과 카페가 다수 운영 중이다.

홍대입구/합정역에서 광역버스 승차 – 헤이리 마을 하차 – 헤이리 마을 구경 – 점심식사 및 애견 카페 방문 – 프로방스 마을 둘러보기

볼거리, 즐길거리

헤이리 예술 마을: 헤이리는 문화예술의 생산, 전시, 판매, 거주가 함께하는 통합적 개념의 특수한 공동체 마을로서 수많은 갤러리, 박물관, 전시관, 공연장, 소극장, 카페, 레스토랑, 서점, 게스트하우스, 아트숍과 예술인들의 창작공간이 자리 잡고 있다.

프로방스 마을: 유럽풍 베이커리와 카페, 이탈리안 레스토랑 등 전 세계 음식을 맛볼 수 있으며, 트렌드를 선도하는 패션, 생활용품, 체험시설 등 삶의 여유를 누릴 수 있는 공간으로 구성되어진 테마형 마을이다.

<u>POINT 헤이리마을과 프로방스 마을은 외부에 조성되어 있어 애견 동반이 가능하나 실내 음식점과 아트숍들의 경우 허용된 곳만 입장이 가능하다.</u>

먹거리

파주 맛집 & 카페: 헤이리 마을과 프로방스 마을은 분위기 있는 맛집이 즐비해 있으며 그 중 애견 동반이 가능한 곳도 많다. 특히 시간이 된다면 애견 전용 카페를 방문 해 반려견에게 자유롭게 뛰어놀 수 있는 시간을 주자.

1) 잇탈리

헤이리마을 내 위치한 이탈리안 레스토랑으로 애견 동반이 가능해 마음놓고 식사할 수 있다.

2) 카페 hek

헤이리마을 내 애견 카페로 카페 내 애견 용품을 함께 판매하며 애견용품 원데이클래스 등이 열리기도 한다.

먹거리

3) 앤드테라스&피터펫츠

1,2층은 애견과 함께하는 실내 카페 매장이며 3층은 애견 운동장이 마련되어 있어 반려견을 위한 천국 같은 곳이다.

4) 개가 사는 그 집

운정동에 위치한 애견 카페로 애견 호텔 이용 시 산책을 서비스로 제공하며 애견 유치원도 운영중이다.

지방 도시

대전, 기장, 경주, 통영, 전주, 여수, 광주,
속초, 강릉, 제주도

드림투어+

16. 대전

BEST TRIP PLAN

1박2일 코스: 대전 속 자연을 온몸으로 느낄 수 있는 생태 휴양 및 오감만족 힐링 여행

Day1.

KTX 대전역 도착 – 장태산 자연 휴양림 – 점심 식사 – 뿌리공원 – 대전 시내 카페 휴식 - 숙소

Day2.

대청호 오백리길 산책 – 점심 식사 – 계족산 황토길 등산 – 대전역 – 서울 도착

Day1.

볼거리, 즐길거리

장태산 자연 휴양림: 메타세콰이아 숲이 울창하게 형성되어 있어 이국적인 경관과 더불어 가족단위의 이용객이 산림욕을 즐기는 휴양림으로 유명하다.

POINT 숲속 야영장과 펜션이 있지만 애견동반으로 숙소 이용은 어렵다. 하지만 목줄을 한 반려견의 휴양림 입장은 허용되니 메타세콰이아숲을 반려견과 함께 거닐어보자.

뿌리공원: 자신의 뿌리를 되찾을 수 있는 성씨별 조형물과 사신도 및 12지지를 형상화한 뿌리 깊은 샘물, 수변무대, 등 다양한 시설이 갖추어진 공원으로 반려견과 함께 조용히 산책할 수 있는 도심에서 접근성이 좋은 공원이다.

Day1.

먹거리, 숙소

삼계탕, 백숙: 대전 6미 중 하나로 인근의 특산품인 금산 인삼을 이용해 차별화된 보양식으로 발전해왔으며 담백하고 개운한 맛이 일품이다.

애견 동반 추천 리스트: 문화농원(042-582-9766)

애견동반 펜션: 장태산 휴양림 근처에 위치한 장태산 휴펜션은 애견동반이 가능하며 개별 바비큐가 가능하고 독채형으로 이용 가능한 친환경 숙소이다.

Day2.

볼거리, 즐길거리

대청호 오백리길: 대통령의 별장으로 잘 알려진 '청남대'가 자리한 대청호반은 전국 3대 호수 중 하나로 꼽힐 정도로 둘레가 무려 500리나 된다. 500리 가운데 대전 대덕구와 동구 지역을 지나는 구간에 조성된 대청호반길은 나무 데크를 따라 신비로운 자연 환경을 보여준다.

계족산 황토길: 계족산에는 명품 100리 숲길과 함께 펼쳐지는 장동 산림욕장이 있고 그 가운데 임도를 따라서 14.5km의 황토길이 있어 봄부터 가을까지 체험할 수 있다.

POINT 계족산은 반려견 등반이 허용되나 황토길의 경우 반려견 털로 인해 위생에 문제가 있어 반려견을 안고 잠시 체험하는 것이 좋다.

Day2.

먹거리, 숙소

도토리묵 :1980년대 초부터 농가부업 생계수단으로 생겨난 구즉 묵촌이 대전의 독특한 먹거리로 자리잡았다. 채 썬 묵에 육수를 부어 김치와 김을 섞어 먹는다.

애견 동반 추천 리스트: 솥밭묵집(042-935-5686)

애견동반 카페: 대전 시내 둔산동 주변에 애견 카페가 많은 편이다. 애견 전용 카페에서는 유치원과 호텔 운영까지 하고 있어 반려견을 위한 복합 공간이 마련되어 있다.

애견 동반 추천 리스트: 강아지왈츠(070-8886-8989)

17. 부산 기장

아름다운 해안과 자연을 동시에 누리는 새로운 부산

Access

버스: KTX 부산역에서 기장 오시리아 관광단지까지 버스로 1시간 소요

지하철: 부산 1호선 부산역에서 부산 동해선 오시리아역까지 50분 소요

Information

부산 기장군 관광안내소 051-709-4085/오시리아 관광단지 안내소 051-810-1252

17. 부산 기장

BEST TRIP PLAN

1박2일 코스: 기장 바닷가와 달음산을 오가며 즐기는 오감만족 부

산 여행 코스

Day1.

부산역 도착 – 해동용궁사 구경 – 점심 식사 – 숙소 도착 – 아난티

코브 구경 – 죽성 성당 둘러보기

Day2.

달음산 자연휴양림 산책 – 점심 식사 – 용소웰빙공원 – 서울 도착

Day1.

볼거리, 즐길거리

해동 용궁사: 고려 공민왕 때 지어진 사찰로 산속이 아닌 바닷가에 지어져 있어 해안 절벽과 사찰의 조화가 절경을 이룬다.

<u>**POINT** 해안 절벽에 위치한 까닭에 사찰까지 도착하기까지 가파른 계단과 오르막길이 이어진다. 체력이 약한 강아지라면   다소 힘들 수 있다.</u>

아난티코브: 오시리아 관광단지에 위치한 아난티코브는 힐튼호텔(숙박)과 각종 레스토랑과 휴양시설이 들어서 있다. 꼭 숙박객이 아니더라도 아난티코브 시설과 해안가 산책로를 이용 가능하다.

Day1.

볼거리, 즐길거리

죽성 성당: 해안 갯바위 위에 세워진 죽성성당은 2009년 방영됐던 SBS 드라마 〈드림〉의 죽성 드림 세트장이었다. 기장 앞바다의 푸른 빛과 흰색의 성당이 잘 대비되어 사진을 담는 사람들에게 인기가 많다.

Day1.

먹거리, 숙소

철마 한우: 기장의 특산품인 철마 한우는 철마면 전체가 수자원보호구역으로 오염되지 않은 자연 환경에서 자라나 최고의 육질을 자랑한다.

애견 동반 추천 리스트: 형제가든(051-721-9157)

애견동반 펜션 또는 에어비앤비: 기장과 가까운 송정 부근에는 에어비앤비로 저렴히 묵을 수 있는 숙소가 많으며 독채로 된 애견 펜션도 많이 위치한다.

Day2.

볼거리, 즐길거리

달음산 자연휴양림: 해발 588미터의 달음산은 기장8경중에 제1경이며, 기장군의 2대 명산 중의 하나이다. 달음산 정상에 거대한 바위가 있어 독수리처럼 굽어본다 하여 취봉 또는 수리봉으로 불린다.

용소 웰빙 공원: 산으로 둘러 쌓여 아름다운 풍경을 만드는 용소웰빙공원은 공원 곳곳에 작은 원두막 같이 생긴 쉼터를 마련하여 공원에 산책 나온 주민들에게 편의를 제공하며 운동기구가 있어 아름다운 휴식공간이 되고 있다.

<u>POINT 공원 내 용소 저수지를 끼고 있어 멋진 풍경과 반려견과 산책하기에 좋다.</u>

Day2.

먹거리, 숙소

기장 붕장어: 자연산으로 연중 즐길 수 있어 기장의 명물 먹거리로 격년제로 칠암항, 신암항에서 기장붕장어축제가 열리기도 한다.

애견 동반 추천 리스트: 바다마을 방갈로 장어구이(051-723-2171)

애견동반 카페: 기장 해안도로를 따라 원두를 직접 로스팅하는 큰 규모의 카페가 많으며 애견 동반하는 카페에 잠시 들러 커피 한잔의 여유를 가져보자.

애견 동반 추천 리스트: 팜카페(0507-1439-7668), 로와맨션(0507-1348-9313)

18. 경북 경주

멍멍이와 함께하는 옛 신라로 떠나는 시간 여행

Access

기차: 서울역에서 KTX 신경주역까지 2시간 내외, 부산역에서는 35분 소요 / 서울 출발 기준 성인 요금 49,300원

Information

신경주역 관광안내소 054-771-1336 / 경북관광홍보관 054-745-0753

18. 경북 경주

BEST TRIP PLAN

1박 2일 코스: 수학 여행 이후 오랜만에 경주를 찾은 여행자에게
멍멍이와 함께 새로운 추억을 만드는 일정

Day1.

경주역 도착 – 대릉원, 첨성대 구경 – 점심 식사 – 계림숲 산책 –
카페 휴식 – 숙소 – 동궁과 월지 야경 관광

Day2.

보문호수 – 점심 식사 – 경주세계문화엑스포공원 – 서울 도착

Day1.

볼거리, 즐길거리

대릉원: 신라 왕과 귀족들이 잠든 곳으로 23기의 고분이 모여 있다. 그 중 천마도로 유명한 천마총, 미추왕릉, 황남대총이 유명하다.

첨성대: 신라 시대 천문대인 첨성대는 국보 31호이며 봄이면 첨성대 주위로 유채꽃 단지가 조성되고 밤이면 야경 또한 멋지다.

<u>POINT 고분 및 첨성대 주변 넓은 풀밭이 있어 강아지와 함께 산책할 수 있다.</u>

계림: 대릉원 남쪽 숲으로 봄에는 벚꽃길이 아름답다.

동궁과 월지(안압지): 동궁은 신라 왕궁의 별궁으로 그 연못을 월지라고 한다. 한밤의 조명에 비친 야경이 인기

<u>POINT 동궁과 월지 내부로는 애견 입장이 불가하니 숙소에서 저녁 식사 후 애견을 재운 뒤 야경을 보러 나가자.</u>

Day1.

먹거리, 숙소

황남빵: 경주의 명물인 황남빵은 바삭한 빵껍질에 달콤한 팥 앙금으로 입안에 절로 침이 고이게 한다. 황남빵 외에도 찰보리빵, 주령구빵 등도 있다.

애견 동반 추천 리스트(포장 판매): 황남빵 본점(054-749-7000)

애견동반 펜션: 경주에는 애견 동반 펜션이 많이 위치해 있다. 강아지를 위한 수영장, 운동장, 각종 애견 용품 대여가 가능해 강아지들이 편히 쉬고 갈 수 있다.

Day2.

볼거리, 즐길거리

보문호수: 보문단지를 끼고 8km의 수변 산책로가 조성되어 있다. 봄이면 벚꽃이 만발하고 오리보트를 탈 수도 있다.

<u>POINT 보문호 산책로는 자전거, ATV 등의 통행이 금지되기 때문에 좀 더 마음을 놓고 반려견과 시간을 보낼 수 있다.</u>

경주 세계문화 엑스포 공원: 2011년 세계문화 엑스포를 위해 조성된 공원으로 신라 문화 역사관, 솔거 미술관 등 다양한 문화 체험 공간과 경주 황룡사 구층목탑을 현대적으로 표현한 경주 타워가 위치한다.

Day2.

먹거리, 숙소

떡갈비 정식: 한우를 잘게 다져서 모양을 빚어 구운 것으로 쫄깃하고 고소한 맛이 일품이다.

애견 동반 추천 리스트: 원조떡갈비(054-776-0000), 불국정 떡갈비(054-745-0760)

브런치 카페: 야외 정원 및 실내에서 애견과 함께 식사를 즐길 수 있는 브런치 카페로 실내에 반려견 전용 방석 등이 마련되어 있다.

애견 동반 추천 리스트: 가든하일로(054-775-8250), 블리스커피(054-771-6277)

19. 경남 통영

한국의 나폴리, 아름다운 항구를 강아지와 함께!

Access

기차: KTX 부산역 하차 후 부산 지하철로 갈아타 하단역에서 광역 버스로 1시간, 하송정 하차 후 통영버스 터미널 하차, 부산역 출발 기준 2시간 소요

버스: 통영 종합버스터미널 하차, 서울 센트럴시티 기준 4시간 30분 소요

Information

통영 관광안내소 055-650-0580 / 통영 종합버스 터미널 관광안내소 055-650-0581

19. 경남 통영

BEST TRIP PLAN

1박 2일 코스: 다도해 앞바다를 맘껏 바라볼 수 있는 공원과 언덕에서 시원한 바다 바람을 느껴보자.

Day1.

통영 종합버스터미널 도착 – 이순신 공원 구경 – 동피랑마을 – 점심 식사 및 중앙시장 둘러보기 – 숙소

Day2.

미래사 편백나무숲길 – 점심 식사 – 욕지도 모노레일 – 서울 도착

Day1.

볼거리, 즐길거리

이순신 공원: 바다를 향해 손짓하고 있는 이순신 동상의 모습이 매우 인상적인 이순신 공원은 거북선의 조각과 토피어리 등 볼 거리가 많고 한적하다. 파도를 바라보며 바위에 걸터앉아 휴식을 취할 수 있고 바닷가는 간이 모래밭이 있어 여름에는 수영도 할 수 있다.

동피랑: 태평동과 동호동 경계언덕에 자리 잡은 한국의 몽마르뜨 언덕이라 불리는 자그마한 마을 동피랑은 골목을 따라 아기자기한 그림들이 관광객을 반겨준다.

Day1.

볼거리, 즐길거리

통영 중앙시장: 펄떡펄떡 뛰는 생선과 건어물 구경 재미가 쏠쏠한 중앙시장은 시장 주변에 동피랑 벽화마을, 남망산 조각공원, 강구안 문화마당과 거북선 등 볼거리가 많아 관광객들의 발길이 끊이지 않는다.

<u>POINT</u> 동피랑 언덕을 오를 때는 힘들지만 내려오면 바로 통영 중앙시장과 이어져 꿀빵, 충무김밥 등 맛있는 간식거리를 즐길 수 있다.

Day1.

먹거리, 숙소

통영 꿀빵: 통영에서 탄생된 도넛으로 겉에는 꿀을 입혀 쫀득 하고 속에는 팥소나 고구마 앙금이 들어 포슬 포슬 달다. 그 중 오미사 꿀빵이 가장 유명하다.

애견 동반 추천 리스트: 오미사꿀빵(055-646-3230)

애견동반 캠핑장: 자연을 온전히 누릴 수 있는 캠핑장에서 숙박을 해보자. 실내에서 답답해하는 강아지에게 편백나무 숲길에 위치한 캠핑장에서 즐거움을 줄 수 있다.

애견 동반 추천 리스트: 편백숲길 캠핑장(010-3044-0599

Day2.

볼거리, 즐길거리

미래사: 통영 미륵산 산중턱에 위치한 미래사는 미래사 편백림과 미륵산 정상에서 바라본 한려수도의 아름다운 관경으로 유명하다.

<u>POINT</u> 미륵산은 정상까지 케이블카가 운행되나 애견은 탑승이 어렵다. 대신 도보로 강아지와 함께 편백림을 산책 삼아 올라가보자.

욕지도 모노레일: 2km의 순환식 궤도로 천왕산 대기봉까지 운행하며 정상까지는 약 15분이 소요된다. 정상에 오르면 한려수도의 섬들과 쪽빛 바다을 마음껏 감상할 수 있다.

<u>POINT</u> 모노레일은 애견 동반 탑승이 어려우나 매표소에 케이지를 맡겨 둘 수 있다.

Day2.

먹거리, 숙소

굴 요리: 통통하고 실하기로 유명한 통영 굴은 석화나 굴튀김, 굴구이, 굴국밥, 굴젓갈 등 다양한 요리로 즐길 수 있다.

애견 동반 추천 리스트: 동피랑쭈굴(055-646-3697)

애견동반 카페: 이순신공원 부근 통영 바다가 보이는 카페를 들러보자. 아늑하고 편안한 실내 인테리어와 탁트인 통유리가 눈길을 사로잡는다.

애견 동반 추천 리스트: 카페 웨스트사이드(010-4036-1318)

20. 전북 전주

한국 전통의 맛과 멋을 느낄 수 있는 아늑한 도시

Access

기차: 전주역 하차, 용산역 출발 기준 2시간 소요

버스: 전주 고속버스터미널 하차, 서울 센트럴시티 기준 2시간 30

분 소요, 동서울 터미널 출발 기준 3시간 소요

Information

한옥마을 관광안내소 063-282-1330 / 오목대 관광안내소 063-

282-1335

20. 전북 전주

BEST TRIP PLAN

1박 2일 코스: 한옥마을 내 원도심 도보 여행과 시내에서 조금 떨어져 자연을 느낄 수 있는 힐링 여행코스

Day1.

전주 고속버스터미널 도착 – 한옥마을 구경 – 점심식사 – 전주향교 – 자만벽화마을 – 숙소

Day2.

오송제 – 점심 식사 – 덕진공원 – 서울 도착

Day1.

볼거리, 즐길거리

전주 한옥마을: 전주 풍남동 일대에 700여 채의 한옥이 군락을 이루고 있는 국내 최대 규모의 전통 한옥촌이다. 중요 문화재와 20여 개의 문화시설이 산재되어 있으며, 한옥, 한식, 한지, 한소리, 한복, 한방 등 한국 타일이 집약된 대한민국 대표 여행지이다.

<u>POINT 전주 한옥마을 내에는 다양한 길거리 음식을 판매하고 있어서 반려견과 함께 음식을 포장해와서 간식을 사 먹는 재미도 놓치지 말자.</u>

전주 향교: 전주 한옥마을 내 문화유적 중 반려견과 동반 입장이 가능한 곳이다. 전주향교는 고려시대에 창건되었다고 전해지며, 현 건물은 조선 선조 때 건립되었다고 한다. 성균관스캔들, 해를 품은 달 등의 각종 드라마와 영화의 촬영지이기도 하다.

한옥마을 전경 / 전주 향교

Day1.

볼거리, 즐길거리

자만벽화마을: 6.25 한국전쟁때 피난민이 모여살면서 만들어진 달동네에 예쁜 벽화들이 그려지면서 핫 플레이스가 되었다. 반려견과 함께 유명한 만화캐릭터부터 다양하고 트렌디한 벽화 앞에서 사진도 찍고, 아기자기한 감성카페에서 추억도 만들어보자.

<u>POINT</u> 벽화마을에 계단 및 오르막길이 많아 반려견이 힘들어 할 수 있으니 간식을 꼭 준비해가자.

Day1.

먹거리, 숙소

비빔밥: 비빔밥 한그릇에는 각종 영양소가 골고루 들어있어 균형 잡힌 식사가 되며 사골육수로 지은 밥을 젓가락으로 비벼 먹는 것이 꿀팁이다.

애견 동반 추천 리스트: 한국관 본점(063-272-9229)

애견동반 한옥 숙소: 전주에서는 한옥마을 내 한옥 체험이 인기가 높다. 애견동반이 가능한 '부용헌'의 경우 한국관광 품질인증 숙소로 5kg 이하 소형견과 함께 숙식할 수 있다.

Day2.

볼거리, 즐길거리

오송제: 큰 소나무 5그루가 있어서 오송리라 불린 마을 근처에 있는 큰 연못이란 뜻의 오송제는 오리나무 군락지로 유명하며 현재는 생태공원으로 조성되었다. 호수를 따라 나무 데크가 잘 꾸며져 있어 애견동반으로 산책을 즐기기에 좋고 가을에는 단풍이 예쁘게 물드는 힐링 장소이다.

덕진공원: 연꽃이 가득한 덕진연못을 감싸고 있는 자연공원으로 전주에서 가장 크고 오래된 공원이다. 한여름에는 연꽃이 만발한 연못을 구경할 수 있고 7월에는 연꽃축제도 개최되니 반려견과 산책을 하며 꽃구경도 해보자.

Day2.

먹거리, 숙소

전주 한정식: 서해안 해산물과 평야지대 곡식이 어우러져 30여가지의 반찬과 풍성한 인심이 더해져 전주 한정식의 다채로운 맛을 탄생시켰다.

애견 동반 추천 리스트: 태조밥상(063-288-4004)

애견동반 카페: 한옥마을을 둘러보며 휴식을 취하고 싶을 때 애견 동반으로 입장 가능한 루프탑 카페에 들러보자. 한옥마을의 조망을 댕댕이와 함께 즐기며 여행의 피로를 날려보도록 하자.

애견 동반 추천 리스트: 전망(0507-1400-6106)

21. 전남 여수

탐스러운 동백꽃이 맞이하는 남해 바닷길

Access

기차: KTX 여수엑스포역 하차, 용산역 출발 기준 3시간 소요

버스: 여수 종합버스터미널 하차, 서울 센트럴시티 기준 4시간 15분 소요

Information

여수 관광통역안내소 061-664-8978 / 오동도 관광안내소 061-659-5708

21. 전남 여수

BEST TRIP PLAN

1박 2일 코스: 여수 바다 곳곳을 누비며 골목의 예쁜 풍경까지 돌아볼 수 있는 아기자기한 여행

Day1.

여수엑스포역 도착 – 돌산공원 구경 – 해상케이블카 – 점심식사 – 고소동 천사벽화골목 – 숙소

Day2.

향일암 – 점심 식사 – 장도 – 서울 도착

Day1.

볼거리, 즐길거리

돌산공원: 여수 시내에서 돌산대교를 건너 돌산도로 들어가자마자 만날 수 있는 공원으로 돌산대교 야경, 이순신 광장의 야경, 장군도 야경 등을 바라보는 경치는 절로 탄성을 자아낸다.

해상케이블카: 여수 돌산과 자산공원을 잇는 1.5Km 구간의 국내 첫 해상 케이블카로 바닥이 투명한 크리스탈 캐빈이 운행되며 강아지와 동반 탑승이 가능하다.

<u>POINT</u> 케이블카 탑승을 위해 오르막길은 다소 힘들지만 바다 위에서 케이블카를 타면 시원한 느낌에 피로를 모두 잊게 된다.

고소동 벽화골목: 여수 출신 만화가 허영만 화백의 작품들로 꾸며진 "허영만 벽화 갤러리"가 가장 인기가 높으며 이순신장군의 일대기로 꾸며진 구간도 있다. 골목 내 루프탑 카페와 레스토랑이 자리잡고 있다.

Day1.

먹거리, 숙소

게장 백반: 여수의 게장은 너무 달지도 짜지도 않으면서 감칠맛 나는 개미 진 깊은 맛을 내어 인기가 높으며 맛을 보면 '밥도둑´이라는 표현이 절로 나온다.

애견 동반 추천 리스트: 여진식당(061-685-7999)

애견동반 호텔: 여수 엑스포역에서 도보로 이동 가능한 호텔에 펫 패키지 상품과 전용 객실을 제공하는 호텔이 위치한다. 깔끔한 시설과 우수한 애견 용품이 갖춰져 있어 견주들에게 인기가 높은 곳

Day2.

볼거리, 즐길거리

향일암: 임진왜란 당시 이순신 장군을 도와 왜적과 싸웠던 승려들의 근거지이기도 한 향일암은 해안가 수직 절벽위에 건립되었으며, 기암절벽사이의 울창한 동백나무 등 아열대 식물들과 잘 조화되어 이 지역 최고의 경치를 자랑하고 있다.

장도: GS칼텍스의 지역사회 공헌사업으로 예술의 섬, 장도근린공원이 조성되었다. 섬까지는 보행 교량으로 이어지며 섬 내부에는 예술가들을 위한 창작스튜디오 4개 동, 다목적 전시장과 다도해 정원, 전망데크 등이 설치되어 있다.

POINT 장도를 둘러보고 서울로 돌아갈 때 여수엑스포역까지 돌아가기보다 KTX여천역을 이용하면 편리하다.

Day2.

먹거리, 숙소

갈치조림: 여수의 10미에 속하는 갈치조림은 바닥에 무를 깔고 그 위에 갈치와 매콤한 양념장을 올려 푹 끓여내어 칼칼한 맛이 일품이다.

애견 동반 추천 리스트: 늘푸른식당(061-642-4276)

애견동반 카페: 돌산도 앞바다를 바라보며 여유를 즐길 수 있는 카페가 많다. 애견 동반 카페도 있으니 반려견과 오션뷰를 즐겨보자.

애견 동반 추천 리스트: 앤드로이(010-6640-8202), 카페 작금 (061-641-7701)

22. 광주

무등산을 배경으로 꽃피워 온 예향, 미향, 의향의 도시

Access

기차: KTX 광주송정역 하차, 용산역 출발 기준 1시간 40분 소요

버스: 광주(유스퀘어) 종합버스터미널 하차, 서울 센트럴시티 기준 3시간 20분 소요

Information

광주 송정역 안내소 062-941-6301 / 광주 버스터미널 안내소 062-365-8733

22. 광주

BEST TRIP PLAN

1박 2일 코스: 광주 속 살아 숨쉬는 자연과 역사를 배워 가는 여행

Day1.

광주송정역 도착 – 송정역 시장 – 점심식사 –5·18 기념공원 구경

–동명동 카페거리 - 숙소

Day2.

무등산 산책 – 점심 식사 – 양림동 역사문화마을 – 서울 도착

Day1.

볼거리, 즐길거리

송정역 시장: KTX 송정역 건너편 골목 송정역전 매일 시장이 새단장을 하여 다양한 시장표 길거리 음식과 전통 공예품을 파는 광주의 핫플레이스가 되었다.

<u>POINT 송정역 시장은 애견 동반이 가능한 시장으로 시장에서 파는 다양한 길거리 음식들을 포장해 식사를 할 수 있다. 단, 식당 내부 출입 시에는 애견 동반 가능을 따로 문의해야 한다.</u>

5·18 기념공원: 5·18의 명예 회복과 정신을 계승하기 위해 조성된 시민 공원으로 기념문화관, 현황조각 및 추모승화 공간 등으로 꾸며져 있으며 넓은 풀밭이 있어 애견 산책에 적합하다.

Day1.

볼거리, 즐길거리

동명동 카페거리: 서울의 경리단길과 같이 세련된 카페 거리로 이름이 알려져 있으며 음식점, 라운지바, 편집샵 등이 트렌디한 광주의 모습을 보여주는 곳이다. 애견 동반 식당과 카페도 있으니 애견 여행 시 휴식을 취할 수 있는 곳으로 이용하자.

Day1.

먹거리, 숙소

동명동 카페거리 맛집: 동명동은 광주의 젊은이들이 많이 찾는 핫플레이스로 애견과 동반으로 입장 가능한 맛집들도 있어 안심하고 식사를 할 수 있다.

애견 동반 추천 리스트: 장진우식당(062-223-3753)

애견 펜션: 광주 근교 담양에 위치한 애견테마파크 퍼니하우스는 숙박뿐만 아니라 수영장, 운동장, 카페를 모두 갖춘 복합 공간으로 멍멍이와 시간을 보내기에 적합하다.

Day2.

볼거리, 즐길거리

무등산국립공원: 유네스코 세계지질공원으로 지정된 무등산국립공원은 광주 도심에 위치해 있어 접근성이 뛰어나다. 무등산은 신의 돌기둥으로 불리는 주상절리가 뛰어난 경관을 자랑하며 천년고찰 증심사도 위치해있다.

양림동 역사문화마을: 한국과 서양, 유교와 기독교, 전통과 근대가 공존하는 마을로 전통 한옥과 선교사들이 머물던 사택 등으로 근현대 역사의 흔적을 느낄 수 있으며 양림 오거리를 기점으로 트렌디한 카페와 식당이 위치해 있다.

POINT 양림동 관광안내소 옆의 마을이야기관을 관람하고 관광해설사와 함께 탐방을 예약해 둘러볼 수 있다.

Day2.

먹거리, 숙소

무등산 백숙, 닭볶음탕: 무등산 등산로코스 초입에 백숙과 닭볶음탕 맛집들이 모여 있다. 야외 테라스에서 애견 동반이 가능하다.

애견 동반 추천 리스트: 무등산가자(062-266-2514)

애견동반 카페: 무등산 근처에 맛집도 많지만 애견 동반이 가능한 카페도 많이 위치해 있다. 자연속에서 애견과 좋은 시간을 보내고 싶은 애견인들에게 안성 맞춤인 곳

애견 동반 추천 리스트: 카페 울림(010-3638-6901), 앵커 카페 (062-232-7007)

23. 강원 속초

설악산과 동해 바다의 푸르름을 모두 즐길 수 있는 도시

Access

시외 버스: 속초 시외버스터미널 하차, 동서울터미널 출발 기준 2시간 30분 소요

고속 버스: 속초 고속버스터미널 하차, 서울센트럴시티 출발 기준 3시간 소요

Information

해맞이 관광안내소 033-635-2003 / 속초 시외버스 종합 안내소 033-639-2830 / 속초 고속버스 종합 안내소 033-639-2689

23. 강원 속초

BEST TRIP PLAN

1박 2일 코스: 청초호를 중심으로 동해 바다를 느끼며 강원도 먹거리까지 알차게 즐기는 코스

Day1.

속초 고속버스터미널 도착 – 청초호 산책 – 점심 식사 – 청초호 카페에서 휴식 – 숙소 – 영금정 전망대 둘러보기

Day2.

영랑호습지생태공원 – 점심 식사 – 아바이마을 및 갯배 체험 – 서울 도착

Day1.

볼거리, 즐길거리

청초호: 둘레 5㎞ 넓이 1.3㎢로 속초시의 중심을 이루는 호수로 청초호 해상공원 주변은 석봉도자기미술관, 철새도래지탐방, 엑스포타워 전망대, 청초정 등 공원 한 바퀴만 돌아도 사진찍기 좋고 애견 동반 산책하기에 좋다.

영금정: 설악산 줄기가 바다를 향해 내달리다가 바다와 만나는 지점이 영금정이다. 영금정은 파도가 석벽에 부딪치면서 내는 소리를 거문고를 타는 것과 같은 소리를 낸다는 뜻에서 붙여진 이름이다. 영금정 건너편으로는 등대전망대가 보인다.

Day1.

볼거리, 즐길거리

영금정에서 걸어서 약 10여분 거리에 있는 **등대전망대**에 오르면 영
금정과는 또 다른 풍경이 보인다. 이곳에서는 영금정과 동명항의
모습은 물론 등대전망대 맞은편 등대해수욕장의 모습도 볼 수 있다.

POINT 동명항 근처 대게 맛집들이 많이 위치해있다. 푸짐한 대게
를 숙소에 포장해와 식사로 즐기는 것도 좋다.

동명항 빨간 등대

Day1.

먹거리, 숙소

속초 붉은 대게: 깨끗한 심해에서 잡아올린 홍게는 살이 꽉 차있고 맛도 달달하여 속초의 대표 별미라 할만하다.

애견 동반 추천 리스트: 스끼다시천국(033-631-1090)

애견동반 호텔: 속초는 우리나라 대표 관광지답게 애견동반 호텔도 잘 갖춰져있다. 펫패키지 이용시 각종 애견 용품 및 어메니티를 증정받을 수 있다.

애견 동반 추천 리스트: 켄싱턴리조트 설악밸리(033-633-0100)

Day2.

볼거리, 즐길거리

영랑호: 영랑호에는 범의 형상으로 웅크리고 앉아있는 모습의 범바위, 카누경기장, 생태습지공원이 있고, 호수 둘레길에는 벚꽃과 연산홍 등 자연을 즐기기 좋은 장소이다.

POINT 영랑호 공원 내에는 무료로 즐길 수 있는 애견 전용 놀이터가 마련되어 있다. 소중형견을 위한 운동장으로 배변봉투까지 비치되어 있으며 멍멍이 친구들을 사귀기에도 좋다.

Day2.

볼거리, 즐길거리

아바이마을: 함경도 실향민들이 집단 정착한 마을인 아바이마을은 갯배 선착장 주변 지역을 중심으로 가을동화 촬영지로 유명하며 설악금강대교의 풍경도 수려하다.

POINT 청호동과 중앙동을 이어주는 갯배는 애견 동반 탑승이 가능하니 갯배를 타고 함께 바다바람이 쐬어보자.

Day2.

먹거리, 숙소

아바이순대 & 오징어순대: 이북 음식인 아바이순대와 오징어순대는 실향민의 애환이 담겨있는 음식으로 순대가 크고 푸짐하여 주식 대용이 가능하다.

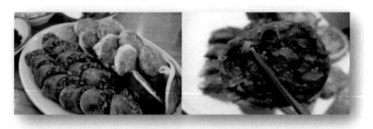

애견 동반 추천 리스트: 옛북청아바이순대(033-635-5226)

애견동반 카페: 청초호 둘레에 위치한 칠성조선소는 선박이 제조되던 곳을 리모델링하여 지금은 문화공간과 카페로 이용되고 있다. 애견동반 입장으로 인기가 높다.

애견 동반 추천 리스트: 칠성조선소(033-633-2309)

24. 강원 강릉

편리한 교통과 펫프렌들리한 플레이스

Access

기차: 서울역에서 강릉역까지 2시간, 청량리역에서 강릉역까지 1시간 40분 가량 / 서울역 출발 성인 기준 요금 27,600원

승용차: 서울에서 경고속도로 신갈 JC 또는 중부고속도로 호법 JC에서 영동 고속도로 이용, 강릉 방향. 강릉 JC에서 동해고속도로 이용. 강릉 IC에서 강릉 방향

Information

강릉 종합관광안내소 033-640-4414 / 강릉역 관광 안내소 033-640-4534

24. 강원 강릉

BEST TRIP PLAN

2박 3일 코스: 강원도의 아름 다운 자연을 즐기면서 강릉 커피로 휴식까지 취할 수 있는 힐링 코스

Day1.

강릉역 인근 숙소 도착 – 경포 생태 저류지 구경 – 점심 식사 – 안목해변 – 카페 휴식 – 숙소

Day2.

안목카페거리에서 모닝 커피와 브런치 – 사근진 해변 산책과 피크닉으로 점심식사 – 정동진레일바이크 탑승 - 숙소

Day3.

숙소 체크 아웃 – 하슬라아트월드 – 정동진 해변- 점심 식사 – 서울 도착

Day1.

볼거리, 즐길거리

경포생태저류지: 경포천의 범람을 막기 위한 저류지로 주변에 다양한 꽃과 메타세쿼이어길이 조성되어 있어 반려견과 함께 예쁜 사진을 남길 수 있다.

안목해변: 강릉 견소동에 위치한 안목해변은 바로 옆에 안목항이 있어 어선들이 오가는 모습을 볼 수 있고 해변 뒤쪽으로 유명한 안목카페거리가 위치해 있어 카페에 앉아 해변가를 바라볼 수도 있다.

<u>POINT</u> 시원한 바다 풍경을 보며 강아지와 바다산책을 즐기기 좋고(입수 불가) 애견동반이 가능한 카페와 식당도 많은 편

Day1.

먹거리, 숙소

초당순두부: 초당동에 위치한 순두부 음식점 거리로 뽀얗고 깔끔한 초두부, 모두부부터 얼큰한 짬뽕 순두부까지 갖춰져 있다.

애견 동반 추천 리스트: 동화가든(033-652-9885), 옛날초당순두부 (033-641-9582)

세인트존스호텔: 강릉 경포호 도보 1분 거리에 위치한 숙소로 2019년에 설립되어 깨끗한 시설 및 펫프렌들리한 환경으로 멍캉스 패키지의 인기가 높다.

Day2.

볼거리, 즐길거리

정동진레일바이크: 정동진 앞바다의 멋진 풍경을 보며 전동식 바이크를 탈 수 있는 곳으로 한시간 간격으로 운행되며 동절기(11~2월)은 운영되지 않는다.

<u>POINT 소형견에 한해 케이지나 이동장에 넣어 동반 탑승이 가능하며 코레일 홈페이지에서 사전 예약 가능하다</u>

사근진 해변: 국내에서 최초로 법적으로 허용된 애견 해변으로 반려견들의 천국과도 같은 곳

<u>POINT 모래 위에서 같이 바닷바람을 쐬고 피크닉거리를 준비해 멍멍이와 함께 점심 식사를 할 수 있다</u>

Day2.

먹거리

강릉 커피 여행: 강릉의 커피는 카페 보헤미안에서 부터 시작되어 점차 남쪽 해안거리까지 확산되어 주문진~정동진까지 해변을 따라 저마다 개성 있는 카페들이 들어서 있다. 10월에 간다면 커피 축제도 놓치지 말자. 숙소에 반려견을 잠시 맡겨두고 강릉 커피 역사전, 커피 공예 체험, 커피콩 볶기 체험 등을 즐길 수 있다.

애견 동반 추천 리스트: 보사노바(033-653-0038), 산토리니(033-653-0931)

Day3.

볼거리, 즐길거리

하슬라아트월드: 정동진 바닷가에 위치한 야외 조각공원 및 미술관, 호텔이 있는 복합 문화 공간

<u>POINT</u> 독특한 설치 미술 작품과 조형물로 멍멍이와 함께 작품 관람뿐만 아니라 인생 사진을 건질 수 있다.

정동진 해변: 세계적으로 간이역과 해변이 가장 가까운 거리에 위치한 해변으로 거대한 새천년 모래시계가 볼만하다.

<u>POINT</u> 동해의 시원한 바닷가를 마지막으로 만끽하고 돌아가자.

Day3.

먹거리

정동진 인근 횟집: 강릉하면 떠오르는 또다른 음식은 바로 물회. 동해바다에서 갓잡은 오징어, 광어, 우럭 등과 각종 야채, 초고추장 양념을 감칠맛나는 시원한 육수에 말아먹는 맛은 동해 바다처럼 신선하다.

애견 동반 추천 리스트: 바다마을 횟집(033-644-5747)

25. 제주도

도시에선 느낄 수 없는 청정 자연 속 보물 같은 섬

Access

비행기: 서울 김포, 부산 김해, 여수, 원주 등 국내선 여객이 운항되며 대한항공, 아시아나 항공을 비롯한 저가항공도 다수 이용 가능하다. 서울 김포 공항 기준 1시간 10분 소요, 부산 김해 기준 1시간 소요

여객선: 인천, 목포, 완도, 부산 등에서 제주도로 향하는 여객선을 이용할 수 있다. 애견 동반 시 카페리를 이용하는 것이 편리하다.

Information

제주 관광 정보센터 064-740-6000 / 제주올레 안내소 064-762-2190

25. 제주도

애견 이동을 위한 **카페리** 알아보기

- **제주행 반려견 선착장**: 여수, 완도, 목포 (대부분 여수, 완도 이용)
- **소요 시간**: 여객선 종류에 따라 3~6시간 정도 소요
- **운항 선사 & 페리**: 한일고속 골드스텔라, 실버클라우드, 블루나래, 송림블루오션
- **펫 전용 공간**: 골드스텔라와 실버클라우드는 반려견 전용 공간이 있어 케이지를 벗어나 밖을 거닐며 스트레스를 해소 가능(입장료 5천원/마리 당)

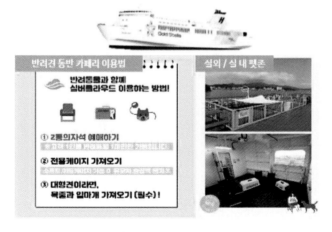

25. 제주도

BEST TRIP PLAN

2박 3일 코스: 강아지와 함께 할 수 있는 해변과 오름 위주로 자연 속에서 몸과 마음의 건강을 찾는 코스

Day1.

제주 공항 도착 – 김녕 해수욕장 산책 – 점심 식사 – 혼인지 –섭지 코지 – 숙소

Day2.

표선 해수욕장 – 올레 4코스 - 점심식사 – 제주 허브동산

Day3.

숙소 체크 아웃 – 화순곶자왈 – 사계해변 – 해변 위 점심 식사(해녀의 집) – 제주조각공원 – 제주 공항 – 서울 도착

Day1.

볼거리, 즐길거리

김녕 해수욕장: 해변 뒤 유흥가가 없어 한적하게 수영을 즐길 수 있는 해변이다.

<u>POINT 낚시를 즐기는 사람이라면 애견과 함께 갯바위 위에서 낚시를 체험할 수 있다.</u>

혼인지: 성산 남쪽 온평리에 위치한 큰 연못으로 수국명소로 유명하다.

섭지코지: 드라마 올인 촬영지로 유명한 바다 위 정원으로 바닷가 끝에 선녀 바위의 경치가 멋지다. 현재는 대형 숙박 시절인 휘닉스 아일랜드가 운영되고 있다.

<u>POINT 성산일출봉의 풍경을 감상할 수 있는 섭지코지 휘닉스 아일랜드에서 카트를 강아지와 함께 타고 돌아볼 수 있다.</u>

Day1.

먹거리, 숙소

고기국수: 제주도 전통음식으로 돼지 뼈 육수에 중면을 말아 돼지 수육을 올린 음식으로 돔베고기와 함께 먹으면 든든한 한끼가 완성된다.

애견 동반 추천 리스트: 형제국수(064-782-8993)

에어비앤비: 제주도에는 애견 동반 펜션도 많지만 좀 더 가정집같은 분위기를 원한다면 에어비앤비를 이용해보자. 숙소 이용규칙에 반려동물 입실 가능 필터를 사용하면 검색에 용이하다.

Day2.

볼거리, 즐길거리

올레 4코스: 표선~남원으로 이어지는 구간으로 해변길을 따라 이어지는 19km 구간으로 코스는 긴 편이나 언덕이나 산길이 없어 애견과 쉬엄쉬엄 걸어갈 수 있다.

표선 해수욕장: 올레 4코스가 시작하는 지점으로 하얀 백사장에서 멍멍이가 뛰어놀 수 있다.

<u>POINT 토산포구, 신흥리 포구에서 남원까지 해안으로 이어지는 해안가에 식당이나 카페들이 많다.</u>

제주허브동산: 휴식을 테마로 2만 6천평의 드넓은 대지 곳곳에 허브가 심어져 있다. 반려견도 입장 가능하여 애견인들의 방문이 많다.

<u>POINT 제주 허브동산 내 족욕 체험을 해보자. 여행에 지친 심신의 피로를 말끔히 풀 수 있다.</u>

Day2.

먹거리, 숙소

흑돼지구이: 제주도 똥돼지라고 불리던 흑돼지는 쫄깃하고 고소한 기름맛이 일품이다. 대멸치를 절여만든 멜젓에 찍어먹는 것이 제주도식이다.

애견 동반 추천 리스트: 제주흑돈세상 수라간(064-787-8588), 난드르바당(064-739-0053)

표선지역 카페: 올레 4코스를 따라 표선지역에 예쁜 카페가 즐비하다. 강아지가 상주하며 맘껏 뛰놀 수 있는 정원이 있고 수영장이 갖춰진 곳도 있다.

Day3.

볼거리, 즐길거리

화순곶자왈: 곶자왈은 화산활동으로 생긴 바윗덩어리들이 쪼개져 만들어진 요철 지형의 숲으로, 제주도에만 존재한다. 생태탐방로길이 조성되어 있어 반려견과 산책에 안성맞춤이다.

사계 해변: 산방산이 보이는 바닷가 사계 해변은 자연적으로 형성된 해안 사구로 모래 사장이 매우 독특하다.

<u>POINT</u> 곶자왈 산책 후 끝나는 지점에 위치한 해녀의 집에서 싱싱한 해산물을 포장, 사계해변에서 먹어보자.

Day3.

볼거리, 즐길거리

제주조각공원: 안덕면에 위치, 신비로운 제주의 자연과 예술의 조화로운 공간을 연출하였다. 곳곳에 포토존이 있어 강아지와 함께 예쁜 추억을 남길 수 있고 저녁엔 화려한 조명이 빛나는 곳이다.

감사합니다.

반려견과 함께 즐거운 여행 되세요!